JN205819

青空に星は見えない

橋本俊幸詩集

土曜美術社出版販売

詩集　青空に星は見えない＊目次

I

Ⅱ

Ⅲ

詩集　青空に星は見えない

I

深夜

認知症の父を捜しあて
どこへ行くのかと叱れば
「家に帰る」という
どこに帰るというのか
家を出て
夜は冷たく張りつめている

道を探すわけではない
あてなどあろうはずがない

ここがどこだかわからずに
住処を捨て　さ迷い歩く
呼び戻す声が届かない

「家に帰る」とは
言葉が暗示することに
思いが不意に跳ぶ
「家に帰る」とは
ここを去るということか
この世に生まれ来る前のどこやらへ
帰ってゆくということか

深夜
光が去り

光によって見えずにいた星は瞬く
知識や記憶を引き出す術を失って
言葉が
見せずにいた意味を瞬かせる

かなしみが込み上げる
両手の平で肩を抱く

橋

満開の桜に招かれ
父の手をひいて川沿いの道を歩く
擦れちがう見ず知らずの人と
時を分かち合い　笑みを交わす

今年の花が最後になりはしないかと
心をよぎる　うす雲を
青空に放ち消す

硬い幹の内側から
直接あふれ出たかのように
一輪だけ咲く花弁がある
手のひらを幹の表に重ね
年輪を縦に貫く水脈を思う

――橋がある

小川を渡る木造の橋
欄干に身を委ね川面を覗けば
黒い大きな魚影がふたつ
悠々と川を遡ってゆく

「この橋から先へは行ってはいけない」

幼い頃そう言われていた
同じ言葉を父に向けて言う

昨日　派出所の車で帰って来た
工場の焼却炉の脇で踞っていたという

帰って来れなくなるから
遠くへ行ってはいけません
橋を渡ってはいけません
帰って来れなくなるから――

ひとひらふたひら　花びらが
惜しむ心に悟られぬよう
春を置いて川面を流れ下ってゆく

仏花

仏壇の花が
枯れ始めていることに気づいて
替えなければと思う

花はまだ知らない
今日　捨てられるであろうことを

この先に起こることが
すでに何者かの心の内にあり

身に降り掛かる時になって
初めてそれを知る

萎れた花は
枯れてしまうまで
香っていた　この場所に居たいと
欲しているだろう

わたしが
掛けがえのない今日を
心に根差す思いとは別なものにする
正しく伝えられないまま
施設入居の朝を迎える

認知症を生きる父は
なんにも言わず　車に乗るだろう
ただ　わたしの手に従って

終章

あの時が最後だったということを
後になって思い知る
立ち止まってそれと意識することなく
句読点は打たれている
いつの間にか段落も章節も変わってゆく
失われた時に思いを致し惜しんでも
もはや適わぬことばかり
いつの日にかはとの願いも
誰かのために出来たはずのことも

捲り終えた頁の下に
背を向けうずくまっている
過ぎた日には戻れない

老いた母の横顔に歩んで来た道を思う
紡いだ言葉の端々に
重ねた日々の行間に
私への家族への思いが滲んでいる

今日という日は戻らない
残された時は如何ばかりか
銀杏の葉が舞い
ひとひらひとひら折り重なる道に
母と寄り添い

温かな今日の日光を浴びる
この美しい時のうつろいを
記憶に書き残せない母と共に
仕舞いの時を記してゆく

梅の花

まだ春にはとおい
張りつめた空気のなか
色づいたつぼみが
ひらこうとしている

めいわくに　なりたくない
しんぱいを　かけたくはない

心の内に

さびしさは閉ざして
目を合わせずに
老いた母は　ほほえむ

つぼみは
内側から押しひらく
心を被う幹の硬さとは
まったく異なる
その花びらのやわらかさ

紅いつぼみが　ひとつひらく
内なるものとの差異に耐えて

浜辺

ことばを打ち寄せる
母の浜辺
繰り返し　繰り返し
寄せては返すが
伝えたいことばを残せない

いいかげんにして
なんどいえばわかるの――

時に私の波は荒く
叱ることばを打ちつける
意味ではなく伝わるもの
無防備な波打ち際を崩して

母の浜辺が拠り所なく暮れる
かなしみが風となって吹き返す
海の深いところが密度を増して
涙に変わるのを知る

朝　母の浜辺はいつものように
私に向けて開けている
昨日の荒れた海原は憶えていない
部屋を往き来する私に

繰り返し何度もあいさつをする
「おはようございます」と
ゆっくり深く頭を下げて

椅子に座ったままの母の前に
立ち止まり　何度でも
私も繰り返し頭を下げよう
向ける笑顔の深いところから
涙が込み上げようとする

雪崩

母の内に
日々雪のように　時は降り積もり
消えずに結ぶ
清らかな　ひとひらひとひらは
母が母であるための　言葉となった

何か起きているのか
何が起きているのか
遠くの出来事であるかのように

はっきりとわからないまま
幾度か　それは繰り返されて

――脳梗塞

積み重ねたものの崩落
埋もれた言葉を救い出せず
巻き込まれた知識の所在はわからないまま
伸しかかるものの下で心はもがく

一錠ずつ口に運ぶ薬を
飲み込まずに噛み砕くのを
止める声が届かない
背を摩り

声にならずに　母を呼んだ

今日という時は　もはや積もらないのか
いつか全層の雪崩が起きて
私も行方知れずとなるのだろうか

仕舞う

茶碗を置く音が大きく響く
「いないほうがいいんだろ」
自身への苛立ち
それとも　私の何かが言わせたか
「そんなふうに思っていない」
返しても　応えはない
笑みをたたえ一心に
みかんの皮をむいている

鉢植えのシクラメンが私を見ている
大きくひとつ息を吐く

童謡を口ずさみ
「忘れた」の一言に
今までの全部を仕舞って
母が　今を微笑む

母に歳を訊ねれば
八十歳だという
そこからすでに三年の月日が過ぎた
「迎えが来ればいい」と言いながら
歳を取ることも忘れてくれた

日めくりをめくり忘れても
月日は過ぎてゆく
確かに生きた今日を
思い出せないところへ仕舞いながら

呼吸法

失われていく言葉がある中で
失わずにいる言葉がある

お茶を入れても
少しばかり麦酒を注いでも
それを「牛乳だ」と言う母
そのものの名ではない
その言葉に染み込んだ　母にとっての意味
「牛乳」は

からだが弱かった子のために
欠かさずに母が買い置いたもの

小さな縁台に腰かけて
母と二人　日光浴をした
小鳥が　落ちた木の実を啄むのを
ただ　黙って見ていた

──「暑くはないか」と訊ねると
(間を置いて)
──「幸せだよ」と　ぽつりと呟く

その短い間の　言葉の断層にみえるのは

母が生きてきた　時の積み重ね
幾度となく聞いた
「幸せだよ」の言葉の前に付されるのは
いつだって　どんな時にも
「――それでも」の言葉であったと思う

何が起こっても
何が奪おうとしても
決して失うことのない思考
辛さに身を置くための
母の　呼吸法であったそれ

惜しむ

何処にも行かないと言い張る母を
叱ったことを悔やみながら
杖だけでは頼りない歩みに
手を握り散歩へ出た
「いつ迎えが来てもいい――」
母がぽつりとつぶやく

あの日は突然にやってきた
早朝　容態の急変を知らせる電話――

まだ先のことと
時を惜しむことをせぬまま
父を亡くした日

ゆったりと移ろう眺めの後ろで
知らぬ間に時が満ちるのを知っている

川沿いの遊歩道
花水木の葉が赤を深めている
結んだ最後の力が解け
風に抱きとめられる　その時を
穏やかに待っている
陽を浴びて輝きさえして

今朝はしばらく振りに
藍色の杖のご婦人に会釈ができた
歩みを止める母に
「疲れたろう」と声をかけると
いつもは決まって
「大丈夫だ」とだけ返す母が
不意に「お前もなあ」と声を発する

ぼんやりと感じていたが
幸せの核には　かなしみがある

きらめく川面　澄んだ青い空
母の手の温み
もう少し　このような時を――

取り上げないで下さい
美しい落ち葉を一枚拾いあげ
母と眺める

Ⅱ

蒲公英

種子は大切にひとつ
痩果の内に仕舞い
堅い果皮で守った
東風と対話する冠毛は
白くやわらかい

ただ受け身なのではない
不安や不平の言葉は持たない
何処へでも行こう

何処ででも生きよう
運ばれるしかないのだけれど
運ばれてゆくことが
自らの意志でありました

抜こうとしても抜けぬほど
その根を地下へと伸ばし
背は低く花をひらく

小鳥がさえずり
対になって蝶が舞う
春の陽は遍く降りそそぐ
蒲公英が此処に咲いている

十七度

かじかむ指先を忘れ
上着を一枚脱いだ日
気温は十七度だったと聞く
心軽く春を感じた十七度

秋のとある日
肌寒い十七度もあったと思い出す
昨日までの季節に浸り
そこに馴染んだ体温が

同じ十七度を
ちがって感じ取っていた

温かいとか寒いとか
その時々の感じるままを疑わず
それをすべてに生きている
ある時は都合よく受け取ったものを
感じ方ひとつで疎んじることもある

変わらずにそこにあるものに
思いを致すこともなく
自ら擦れちがい溝を掘る

温かな日差し

今日の私の不機嫌な顔付き
ひばりが青空へ翔け昇り
けたたましく鳴いている
あれは春を知らせているんじゃない
警戒しないでおくれ
自覚はあるのです

舌打ち

ゆるんだネクタイ
噛みころすあくび
歪めた唇に白い歯
足下へ吐き出す煙草のけむり
鏡に映る我が姿
遺影も家族の悲しみも
壁の向こう
読経が静かにもれ響いていた

予期せぬ葬儀の報せに
楽しみにしていた予定が崩れて

舌打ちをした――

台本の中の悲しみは
上手に演じた
不意に出た舌打ちは
ひ弱な雛の
小さなさえずりだったに違いない

心に巣くうそれが
ある日　籠を破り
だれかに痛手を負わせる

鋭い嘴を持つものになるなんて
思わなくていい
思わなくていいのでしょう

右折

また信号が変わる
対向車は途切れず
右折待ちの車が足留めをくう
ウインカーの音が耳の奥で秒を刻む
病院へ急ぐ理由があった

横断歩道には学生の列
信号の点滅にも急ごうとしない
談笑が許せなくなる

苛立つ心を空吹かしする

勢いハンドルを切ると
いぶかし気に私の瞳を責める目差が飛び込む
老婦人の歩行を妨げて右折した
仕様がないだろうと居直り
にらみ返す私がいた
アクセルを踏み込み加速した

急いでいる訳を知る由もない
他のだれも悪くない
いわれ無い怒りを向けられた人は
やり場のない憤りをどうしたか

人を案じ寄り添い
心が病室にある時にでさえ
目の前の事柄に心は直ぐさま様相を変える
うららかな春の日差しも閉ざして

世に起きる争いの火種は
私の心の内にあり
風もないのに勝手に火の粉をあげる
無自覚な自分が
本当はそれをよく知っている

くちなし

玄関わきの月下美人の鉢の後ろ
陽は当たらない　雨も降り掛からない
その場所に
くちなしの小さな鉢が隠れていた
忘れられて　枯れかけて

白い花にアゲハが訪れたのは
いつのことであったか
再び甘い香りを放つことはない

捨ててしまおうか

どうしてそこにあったのか覚えはないが
ほんとうは　忘れていたんじゃない
いつからか
そこに鉢があると気づいていたんじゃないか
枯れてしまうかも知れないと
わかっていて　何もせず
横目で見捨ててきたのは　だれ

枯らそうと思って
枯らしたわけじゃない
誰にでもあるようなこと
苦く受けとめることもない

人が痛んでいることに
心を寄せることをせず
物言わぬものであればなおのこと
捨て去るのは容易いという

問われることのない
私の中の　未必の故意*

＊　未必の故意…罪となる事実の発生を意図したわけではないが、発生しても仕方ないと認めて行為する心理状態。

理髪店にて

店主と会話を交わし
鏡の前に座っていた
頭皮にいくつか腫物があることを
何となく言い出せずに

洗面台に頭を差し出し身構える
店主の指先が頭皮をくまなく洗う
小さな痛みは眉間に出ぬよう
つぶった両目の奥に隠した

——気づかれないように

洗髪を終え
たわいない会話の続きを始める
外は予報に無い　にわか雨
人が急いで走り過ぎてゆく

誰にも言い出せず
ひとり抱えている事
傷つきながら
言葉や視線に敏感であることを
悟られないようにして

知らずにそこに触れたのは僕で

痛みに気づかずにいたりする
触れたことが――
言い出せないでいることが――
いいとか　わるいとかではなく
そんなこともあるのだろうと思った

大きな窓越しに午後の日差しが戻る
にわか雨が黒くした道路は
すぐに乾くだろう

そういえば　どうしてだろう
雑木林の入口あたり
雨も降らないのに
いつも泥濘む場所があって

主張

いつも　そこにあったという
本当にそこにあったのか
毎日　目にしていたはずなのに
覚えがない

出窓の中央の
花の彩りに目が止まる——
その隅にあったという
使わずにいた　細身の花瓶

――床に落ちていて
　割れたから片付けました

どうして落ちたのか
まったくわからないという

気づいていない
わかっていない
――きっと　訳はあるのに

いのちを差し出し発した
声なき叫び

今朝　通勤時
列車を止める飛び込み事故があった
迷惑とだけ思った人々
ただ遣り過ごしただけの俺

春紫苑《ハルジオン》

仕事をひとつ貰っている
だれかのためにと構えることなく
自身が生きるためにそれを行う
そっと差し出した葉に
光が宿り輝いている

生きるために必要なものは
我が身の内に揃っていなくて
与えられていると知っている

水を求めて伸ばす根が
土の中を導かれる

小さな葉と根から
生きる分だけの恵みを頂き
身の丈の役割を果たす
傲ることのないしあわせ

うつむいた顔を上げるように
つぼみを自分でひらく

貧乏花と呼ばれ
顧みられない小さな花が
風に揺れて私の隣に咲いている

擬態

葉に扮し
葉にしがみつき
葉に紛れて　生きてきた

身を守り
だれにも知られず
逝くことに
心は平穏だろう

でも
ほんとうは
欺いていたんじゃなくて
なれないとわかっていて
本当に
葉に　なりたかった

葉になりたくて　生きてきた

恐れる心を解き放ち
風と対話するものに——

木の葉虫は
だれにも知られず

思いを抱いたまま
落ち葉になった

Ⅲ

交響楽

雪解けの雫に光が宿り
せせらぎの音が蘇る
顔を出した蕗の薹は
土の中の虫たちに
時の訪れを囁きかける

色取りどりの花々が
順序を違えることなく開いてゆく
匂いを重ねて風は膨らむ

れんげ草の畑を舞う
白い蝶たちの拍手の中
天高くひばりは翔けのぼり
祝福の薬玉を割るでしょう
歓声が山々の
芽吹き始めた木々の梢を渡って広がる

君は気づいているか
風にそよぐ髪が緑を深め
空を大きく吸い込めば
胸の内が明るく広がってゆく
踵がやわらかく弾む力を増して
駆け出さずにいられない

交響楽が鳴り進む

頷きながら
どこかで
指揮者が合図して

響き合いながら
世界はひとつになってゆく

夕空

土手に駆け上がると
風が渡り
空が大きく開けた

沈みゆく夕日が
金色に雲の縁を輝かせ
朱には黄色を
紫に灰色を
そして淡い紅色を

重ね滲ませ　空を彩る
漂う雲のうしろで
時はうつろい紫紺は深まる

美しさに圧倒されて
見上げ立ち尽くす

果ては
空の果ては　如何なるところか
ふと足元が
拠り所を無くし揺らぐ
ここは　何処なのか
わたしが生きる　この世界とは

日が沈む西方の空に
いつしか星がひとつ輝いている
何か語りかけるようなその瞬きから
言葉を聴きとる力をわたしは持たない
ただおとなしく　畏れを抱く

月光

ここが　どこなのか
わからない　ということが
わかってしまった

あれは　月ではない
あれは　月が照る光ではない

闇夜の　空のあそこに
半円の月のような形に

切り抜かれた　穴があって
そこから漏れる
むこうの世界の
白い光に　ちがいない

ここは　どこなのか
ぼくたちは　だれなのか
わからない　ということが
照らし出される

もくれん

横目で通り過ぎようとする瞬間
枝を埋めつくす白い花が
鳥のように一斉に羽ばたきした

昨日まで目に止まらなかったものが
突然瞳を捉えて心を奪う
何やら　そちらの方へ
行かねばならない思いに駆られ
道を変えていた
もくれんが導いた

用意されていたのは予期せぬ出会い
久しく会えずにいた友が
こちらに向かって歩いて来たのだ

心に入り込んで仕向けたものはなに
偶然を引き起こす仕掛け
張り巡らされた見えない意図

この世界を内側から開けるには
解き明かす天窓はあるか
驚きにあふれる僕らを見下ろして
もくれんの花の高みのあたり
光に浮かぶ白い雲の向こう

余命宣告——亡き友へ

今も　幾度となく
記憶の水面に浮かぶ映像

何があったのか
殻を脱ぎ捨てられずに踠き続ける蟬
空をつかむはずの羽は傷つき
透き徹らず白いまま伸ばせずにいる
短くも長い時の経過
空が明るくなろうとしている

黒い鳥が木立の上を飛んでいる
蟻がまとわり付こうと寄ってくる
見開いた黒い瞳が濡れている

再発――
若さが進行を速め
季節は巡らない
かぞえるばかりとなった夏の日

やり場のない漠とした恨みは
押し潰されそうな恐れは
畳めぬ心残りは
抱える悲しみを推し量ることはできない
どんな言葉で自身を抱きしめたのか

横たえた体を力の限り起こし
空の果てに何を見つめたのか

蟬が激しく鳴いていた
ここで尽きることを
ここに生きていたことを
茂る葉に刻んで――
仰向けに土に転がるまで
今を生きて――

秋の空は
どこまでも青く澄んで
形を解き　質量を放った心が
風をまとい渡る

美しい小さな蟬が
覚悟のない　私の心の幹を抱く

夕陽

日暮れ前
山々は淡い陰をまとい
稜線に沈みゆく陽が
穏やかな湖面に
きらめく道を伸ばしている
はっきり　私に向けて

水面の光の道は
湖畔を歩み出しても

連れ立って移動し
私を照らし続ける
単なる現象ではなく
そこに意思があると感じさせて

時を同じくして
今　向こうに見える
舟着場の辺りにいる二人も
夕陽が照らす湖面の輝きを見て
光に抱かれ佇んでいる

どこに居ても
ひとりひとりを等しく
光のうちに抱いて

かけがえのない命であることを示す

あした
私にとっての朝日となるべく
陽が沈む

安堵――
私の深部に　体温が戻る

晩鐘

大きな黒い波が地を被い
営みのすべてを押し流し
多くの人の命を奪い去った
行方のわからない人を追い
知ることができない最期を思い
天を仰ぐ姿
無念が赤く燃える夕暮れ
遠くで寺の晩鐘が響くのを聞いた

――思い出していた

中学生の時分　夕刻帰り支度の教室で
担任の理科の教師が話されたこと
鐘の響きが霊たちを寺に連れ戻すという
戦時下　疎開先の寺の住職の話

同心円に広がる鐘の音の波動は
暮れ方の山々にこだまし
一転その中心に向けて収束への波紋を描き
余韻のうちに霊を引き連れる
夜毎　迷い苦しむ魂を鎮めるため

何処へ行くことができよう

強く心を残して

引き裂かれて残された者は
じっと立ち尽くす
生きなくてはと
たいまつに小さな炎を灯すけれど

真っ暗な夜空に祈りは満ちて
数えきれないほどの星が浮かんだ

臥牛

逃れようのない今日に身を置き
もはや尽くすべき手もなく
ただ　祈るしかない時がある

小さな天満宮に　雪が降り出し
鳥居の下の臥牛の背を白くする

他の誰かの所為にしたり
言い訳を探したりせず

迎える明日であるならば
どんな明日であろうとも
そこに意味を求めたい

祈りに心を寄せ
立ち上がる術の無いことに耐えながら
牛は石の耳で聞いている

硬い梅のつぼみに
うっすらと色が灯る

何も知らされずに訪れる明日を
引き受けて生きる

砂時計

あの日　時を延ばすために
ひとつまみ　砂粒をもらった――

駆けつけるのを待っていたかのよう
互いに別れを受け入れ
通じ合った　最期の時

病室の窓から　空を見上げた

いたずらに生かされていたのではない
喘ぐ呼吸は
紛れもなく父のもので
日々を畳み　仕舞ってきたのは
父自身だ

時計の砂は落ち切って
生きたといえる　その砂粒の山は美しい
「もう一度」は　きっと欲しない

――此処は
砂時計にみる砂粒の通り路
絶え間なく訪れる未来を
過去にしつづける分岐点

失われる時と引き替えに
かけがえのない一瞬一瞬がある

私には
美しく移ろうばかりの
今日という　秋の一日である
空は青く澄み渡り
風に銀杏の葉が舞う

残された時を知ることはかなわない

陽を仰ぎ
今を　深く吸い込んで
降る時を見る

あとがき

　夕焼けをまとう雲の彩り、刻々と変化してゆく空の様相、それは時に怖いくらい美しく、私を圧倒します。想像さえも及ばぬ何か大いなるものによって、此処に生かされてあることを感じます。目に見える事象の向こう捉えようのない果てを思い、畏れを懐くばかりです。詩らしきものを書き始めたのは十年程前からです。最初に形にできたのは「夕空」だったように思います。書きたいと思った私の初心です。

　詩を書きながら自分を見つめ直すことがあります。青空に星は見えないように、日々の暮らしの中で見えていない自分自身、そして見ようとしていない私がいます。大事なことは何なのか、気付けるようでありたいと思っています。父の介護に続いて母の介護、そして障害者支援の仕事に奔走する日々にあって、詩を書くことは、ただこぼれ落ちる感情を、湧いては消えてゆく形のない思いを、振り返りながら改めて深く味わうための作業のようだとも思います。

「詩人会議」に出会い、投稿欄で温かい評価を頂いたことが心の拠り所になりました。誰かに読んで頂くことが励みになると知りました。この度初めての詩集を出版するにあたり、土曜美術社出版販売の高木祐子様には大変お世話になりました。関わって下さったみなさまに心より感謝申し上げます。「詩と思想」「詩人会議」両誌上に掲載された詩を中心に、一部手を加え上梓致します。色合いを異にする詩を分け三部構成と致しました。

お読み下さったみなさまに御礼申し上げます。

二〇二四年六月

橋本俊幸

著者略歴

橋本俊幸（はしもと・としゆき）

1961 年　東京都生まれ　埼玉県戸田市在住
障害者支援事業所勤務

所属　「詩人会議」会員

詩集　青空《あおぞら》に星《ほし》は見《み》えない

発　行　二〇二四年九月三十日

著　者　橋本俊幸
装　幀　森本良成
発行者　高木祐子
発行所　土曜美術社出版販売
〒162-0813　東京都新宿区東五軒町三—一〇
電　話　〇三—五二二九—〇七三〇
FAX　〇三—五二二九—〇七三二
振　替　〇〇一六〇—九—七五六九〇九
DTP　直井デザイン室
印刷・製本　モリモト印刷

ISBN978-4-8120-2846-9　C0092

© *Hashimoto Toshiyuki 2024, Printed in Japan*